천년의 시 0101

떠나고 사라져도

천년의시 0101

떠나고 사라져도

1판 1쇄 펴낸날 2019년 9월 23일
지은이 서성환
펴낸이 이재무
책임편집 박은정
편집디자인 민성돈, 장덕진
펴낸곳 (주)천년의시작
등록번호 제301-2012-033호
등록일자 2006년 1월 10일
주소 (03132) 서울시 종로구 삼일대로32길 36 운현신화타워 502호
전화 02-723-8668
팩스 02-723-8630
홈페이지 www.poempoem.com
이메일 poemsijak@hanmail.net

ISBN 978-89-6021-449-1
978-89-6021-105-6 04810(세트)

값 10,000원

*이 책의 국립중앙도서관 출판시도서목록(CIP)은 서지정보유통지원시스템 홈페이지(http://seoji.nl.go.kr)와 국가자료공동목록시스템(http://www.nl.go.kr/kolisnet)에서 이용하실 수 있습니다.(CIP 제어번호: CIP2019036385)

떠나고 사라져도

서성환 시집

천년의 시작

시인의 말

이름도 없이 빛도 없이 사는 사람들의 세상이다.
아주 소수의 주변 사람들에게만 그들은 사람이고
그 범위를 넘어서면 그저 숫자일 뿐이다.

그래도 세상은 그 사람들의 세상이고
그 사람들의 세상이기에 그 사람들은 소중하고 소중하다.
그 사람들은 떠나고 사라져도 결코 소멸되지 않는다.
그래 그 사람들의 슬픔과 고통과 절망을 보듬어
그 사람들의 눈물을 씻기고
스스로 웃음과 희망을 찾아 누리게 해야 한다.

버겁고 두려운 일이다.
아무도 혼자서는 제대로 할 수 없으리라.

그냥 작고 정직한 몸부림이 있을 뿐이다.

그래도 포기할 수는 없다.

그게 우리의 삶이고 살아가게 하는

소명이니까.

이 길을 40년 동안 함께 걸어온

아내 양정녀와

아들 진태와 진호+슬기에게 감사한다.

서로에게 사람으로 살아온

나의 모든 사람들에게 감사한다.

표사 글을 써주신 이해인 수녀님과

해설을 써주신 김응교 교수님께 감사한다.

SDG 서성환

차 례

제2부 새들의 노래

제3부 그래 좋을시고

제4부 바람 얼굴

해 설

일러두기

이 시집의 본문 가운데 일부는 저자의 뜻에 따라 현행 한글맞춤법 및 본 출판사의 표기 원칙과 다르게 표기했음을 미리 알립니다.

제1부 달과 구름

빈

외롭고 쓸쓸하여
불쑥 찾아온
가을바람
온 마음 다 내어주어
달래 보내고
빈 마음에
가을 햇살 맞아들이면
소담한 평안의 씨앗
뭉글거리는 행복
젖어 드는 가을 정취

진실에

사진에 담긴 귤림추색橘林秋色보다
구름에 가려 언뜻언뜻 보이는 한라산이
때론 진실에 더 가까울 수 있나니

창틀에 갇힌 성산일출城山日出보다
두터운 해무海霧 낀 어두운 밤바다가
때론 진실에 더 가까울 수 있나니

보이는 것보다 보이지 않는 게
명징明徵함보다 모호함이
때론 진실에 더 가까울 수 있나니

바다라면 바람이라면

바다가 자유로운 건
분수를 지키기 때문
아무리 화나도
해안을 넘지 않지
해안을 넘어서면
이미 바다가 아니지

바람이 자유로운 건
한을 품지 않기 때문
아무리 시리게 힘겨워도
서러움에 머물지 않지
그곳에 머물러 서면
이미 바람이 아니지

달과 구름

염치도 없이 낼름 집어삼킨 보름달,
볼록해진 배로 요동치는 이무기 구름
어지러이 휘돌아도 꼼짝 않는 상현달을
일편단심 사모하는 상사병 구름
결결이 찢어대는 칼끝 같은 그믐달을
피 흘리며 끌어안는 바보 구름

마음속에 매일 뜨는 이런저런 달과
함께 어울리는 마음속의 여러 구름,
신령하게 빛나게 하기도 하고
황홀한 순간의 명화이기도 하고
두터운 어둠에 압도당하기도 하고
쓸쓸하고 음산한 그림이기도 하고

홀로

외로움은
무언가에 그리움이
남아있다는 게지
정녕 살아가게 하는 힘인 게지
입동立冬에 부르는
입춘立春의 노래이고,
희망을 바라보며 부르는
인고의 노래인 게지

그냥

밤나무 숲속에서
표고버섯 키우는
신선 같은 할아버지,
“신선 같다” 했더니
“신선은 무슨 신선” 하시길래,
“바람 떡 먹고
구름 똥 싸는 신선은 가짜
일하는 신선이 진짜”라 하였더니
그냥 웃으시더만—
등 뒤에 진짜 신선이
잠깐 어른거렸던가

사이

기뻐해야 하지만
섭섭함이 가로막고
사랑해야 하지만
미움이 앞서고
화통해야 하지만
안타까움에 속 끓이고
헝클어진 실타래 같은
당위當爲와 현실 사이
바라보아야 하는 연민
안고 사는 아픔

홀연히

비 내리는 칠흑 같은 깊은 밤
뚫어진 거미줄에 걸린 빗방울
그 속에 선명하게 담긴
어둔 하늘을 가로지른
별빛.

햇빛 쏟아지는 청명한 오후
나비 날갯짓이 일으키는 바람
그 파장 사이로 언뜻 비치는
날빛과는 다른 흐릿한
별빛

밤에도 낮에도
홀연히 다가왔다
기약 없이 숨어버리는
황홀한 영원
신비한 세상

살랑살랑

나뭇잎 살랑살랑 흔들어
자신의 마음 보여 주는 바람
고요한 연못에 구름 비추어
자신의 마음 드러내는 햇님
말씀과 말씀
그 행간에서
다가오는 눈물 젖은 그 마음
도무지 헤아릴 수 없는 그 마음

또렷이 읽히고 이어지는
마음과 마음
어설피 얽히고 막혀 버리는
마음과 마음
어떻게 내려놓고 비우고
언제 맑아지고 눈 떠지는
어둔 밤 혜성 같은 깨달음
기다리는 산고 같은 고투

순백 상상

우산 같은 연잎을 두드리는 세찬 빗소리
잠들었던 고된 추억 일어서게 하고
장맛비 사이로 곱게 피어올린 순백 상상
잃어버린 값진 꿈 일깨워 주는 백련白蓮

비구름 몰고 다니며 춤추는 힘센 바람
신명 나게 살게 하는 힘 되찾게 하고
상처와 허무와 무기력에 지친 사람들
감싸 안는 숲속 호수 백련白蓮 노래

높건 낮건

높게 난다고 더 멀리 더 많이
볼 수 있는 것은 아니니
낮게 난다고 더 자세히 더 깊이
볼 수 있는 것도 아니니

높게 날건 낮게 날건
마음 모은 열린 눈이 보게 하니
보여 주시는 눈길 따라
열망 품은 믿는 눈이 보게 하니

나그네

지친 나그네
기력을 잃고
내일 가야 할 길이
두렵기만 한데

오늘 밤 누가 어루만져
또다시 걷게 할까

눈사람 사랑

어쩌자고
햇님을 사랑했나

흔적도 없이
녹아져
그 품에 안기는
사랑

섬

한 점 무기력한
외로운 섬이어도

섬은
모든 것을 덮으려는
바다의 탐욕을 거부하고

누구에게나
그렇게 있음만으로도
위로와 소망이니

잊혀진

바다에 닿을 듯 두꺼운 구름
질식할 것같이 빛 한 점 없는
고요한 바다
억눌린 존재의 심연같이
무겁게 들려오는 바다 마음
신음 같은 오묘한 노래
존재하는 모든 것의
지치지 않는 신묘한 생명 노래
오래전에 잊혀진 노래

행복한

온 산 신록들을 피워 내는 생명들이
산허리를 휘감고 돌다 일군 바람
청보리밭을 지나며 자유를 더하고
별빛을 스치며 영혼이 실리고
서걱서걱 대나무 잎사귀를 어루만지며
상한 마음 치유하고
흐드러지는 감귤 향기 담아
지쳐 스러지는 만물 소생시키며
더할 수 없이 행복한 바람
그 바람 지난 자리
부러울 게 없어라

만물이 만물로

꽃은 꽃에게 꽃으로 말을 걸고
새순은 새순에게 새순으로 일러지고
구름은 구름에게 구름으로 피어나고
바람은 바람에게 바람으로 오며 가고
마음은 마음에게 마음으로 다가가고
생명은 생명에게 생명으로 신비하고
누구에게나 그 자신으로
알려지고 이어지고 교감되는
아름다운 세상, 행복한 나라

생명은 꽃에게 사랑을 입혀 주고
꽃은 새순에게 의미를 열어주고
새순은 구름에게 소망을 담아주고
구름은 바람에게 기쁨을 새겨주고
바람은 마음에게 신명을 키워주고
마음은 생명에게 평화를 일궈주고
누구에게나 자신을 내어주어
온갖 서로를 보듬어 복되게 하는
함께 사는 세상, 축복된 나라

슬퍼서

휘영청 보름달에
푸른 하늘도 슬프고
별빛도 저마다 슬프고
흘러가는 흰 구름도 절로 슬프고

반공半空에 짙은 실루엣으로 시립한
나무들도 하염없이 슬프고
스치는 바람 또한 슬프고
천지를 품은 마음 역시 슬프니

정녕 슬픔은 사라질 수 있는가
슬픔이 사라진 자리엔 무엇이 오는가
슬픔이 사라진 슬픔을 뉘라서 감당하는가
진정 슬퍼하는 자에게 복이 있나니

황홀

밤바다에 내리는 휘영청 달빛,
바다 물결 위에 천의 얼굴을 만들고
미치지 못하는 깊은 물속에도
알 수 없는 설렘을 퍼뜨리고
잠들지 못하는 바다에
살아 맥동脈動하는 온갖 생명들을
끝 모르게 황홀하게 하느니

대낮 빛나는 햇빛엔 너무 눈부셔
바다 그늘에서 숨죽이던 만물들이
서로의 얼굴에서 자신을 발견하고
한없이 기꺼워하고 있으니,
그래, 얼싸 좋을시고
밤바다 휘영청 달빛에 담긴
가깝고도 고마운 손길이어니

입김

된서리 내린 대나무 잎사귀에
내려앉은 창백한 하얀 눈
서걱서걱 부딪히며
이제 놓아주어도 좋을
잊혔던 시린 상처 되살려
쓰린 마음 갈피를 잃게 하느니

함께 서서 몸 부대끼며
서로 다른 상처 싸매 주는
대나무 잎사귀들의 여린 합창 있어
서로를 달래주는데,
처음 그때 생명 기운 불어넣던
따스한 입김 있어 그러한 것이리니

그 이름은

맑은 바람 외롭고
외론 바람 힘세고
힘센 바람 슬프고
슬픈 바람 따뜻하고
따뜻한 바람 기쁘고
기쁜 바람 두렵고
두려운 바람 넉넉하고
넉넉한 바람 하염없고

해맑고 외롭고 힘세고
슬프고 따뜻하고 기쁘고
두렵고 넉넉하고 하염없는
바람,
그 모든 바람이 어우러진
그 이름은
자유
또 자유

꽃길

떼 지어 함께 걷는 꽃길도
외롭고 외로운 게 인생이지

홀로 왔다 홀로 가는 거
아무도 무엇도 탓하지 마라

벗 삼아 걸어갈 이 있으면
홀로 걸어도 인생 꽃길이지

그저 좋고

찬바람에 성긴 이파리
아무 위로도 되지 않고
구름 없는 대낮에도 섭한 그늘에 울고
싸락눈이 사각사각 내리는데
막 날아오르려는 까마귀
고요한 산하에 온통 스산함이
터질 듯 부풀어 오르고

마른 가랑잎 뒹굴고
망연히 바라보는 무력감
진눈깨비 내리는 마음
신산辛酸한 시린 어깨
뒤에서 가만히 껴안는 그이
등 기대고 평안해져
돌아보지 않아도 그저 좋고

제2부 새들의 노래

똥자루

그저 똥자루지
모두 똥자루 인간인데
천박한 똥자루
고상한 똥자루,
편 나누고 서로
손가락질하며 싸우는 게
부질없는 짓일 테지

그런 똥자루여도
긍휼히 여기시는 눈이 있어
똥자루가 사람 되는 거지
그래 그 앞에서
누구도 나댈 수 없는 거지
아무도 정죄할 수 없는 거지
진정 그럴 테지

물음표

태어남의 불안을 아는가
늙어감의 심란함을 아는가
병고의 고통을 아는가
죽음의 무화無化를 아는가
이별의 슬픔을 아는가
패배의 쓰라림을 아는가
배신의 참담함을 아는가
그 진실의 무게를
어떻게 감당하며 사는가

태어남의 환희를 아는가
늙어감의 즐거움을 아는가
병고의 의미를 아는가
죽음의 승화昇華를 아는가
이별의 소망을 아는가
패배의 자유함을 아는가
배신의 해원解冤을 아는가
이 역설의 신비를
어떻게 누리며 사는가

그 징그러운

상실은
무언가를 빼앗기는 아픔
무언가에 스러지는 고통
무언가로 내몰리는 슬픔
아침 새 떼들도 아픔을 노래하고
저녁 하루살이 고통을 호소하고
종일 만물들은 슬픔을 뿜어내고

무엇을 잃어버린지도 모르고
잃어버릴 것도 없는 듯한데
끈질기게도 놓아주지 않는
이유도 모를 그 징그러운 상실감
온 세상이 서서히 무너져 내리는데
막상 잃어버리지 말아야 할 것을
잃어버린 세상이 그러한 것이거늘

물의 시간

돌의 마음을 담으려
바람의 혼에 실리려
꿈꾸는 은어의 세상에 이어지려
어린 수초水草의 신비에 이르려
만물의 심장같이 일렁이는
살아있는 바다 품에 안기려
무심히 흐르고 흐르는

다시 돌아와 만질 수 없는 돌
다시 마주쳐 느낄 수 없는 바람
붙들어 매둘 수 없는 은어
두 번은 허락되지 않는 수초
닿을 것 같지 않는 바다 심장,
순간이 영원에 잇대지 못하면
너무나도 안타까운

끔찍한

여우는 참 억울하지
개들도 참 속상하지
약자의 지혜가 교활로 매도되고
진실한 충직이 비루로 조롱되고
하지만 뱀만큼 억울하고 속상할까

뱀도 나비나 토끼나 호랑이같이
피조물의 하나임에 틀림없고
건강한 생태계의 표징이라는데
사람 마음속의 모든 혐오와 저주를
왜 뱀이 다 뒤집어써야 하는 건가

뱀의 억울하고 속상함은
자신들의 모든 사악함을
누군가에게 뒤집어씌워야 하는
사람 안에 똬리 틀고 있는
끔찍한 근원악根源惡 때문 아닌가

인동초

내 마음 아프게 한
그이 마음 더 아팠을까

홀로들 힘겨워하는
마음 마음 사이에
시원한 밀물 소리 드나들게 하고
한 줄기 청량한 바람 사이로
인동초 노란 미소를
마주하게 하는데

그이 마음이 풀려야
내 마음 풀리는가
나의 마음 풀려야
그이 마음 풀리는가

두려운

바다를 응시하다 보면
진정 두렵다
가까워 보이다가도
한없이 멀어 보이고
다 품어주는 듯하다가도
숨겨진 비수처럼 섬뜩하다

감당할 수 없는 넓이 때문인가
모든 걸 수평선으로
억누르는 권력 때문인가
도무지 예측 못 할
수많은 변환 때문인가
끝 모를 두려움의 끝은 어디인가

말없이 그저 넓은 바다는
참으로 얼마나 두려운가

새들의 노래

무거운 마음으로 숲속을 찾았는데
쓸쓸한 노래를 부르는 새를 만나고
답답한 마음으로 들판에 나섰는데
서글픈 노래를 부르는 새를 마주하고
휘청거리는 마음으로 거리를 배회하는데
암울한 노래를 부르는 새가 쫓아오고

숲속과 들판과 거리에서
그게 누구에게나 다 그렇게 들렸을까마는
무거운 마음에 쓸쓸한 노래가 위로가 되고
답답한 마음에 서글픈 노래가 위안이 되고
휘청거리는 마음에 암울한 노래가
오히려 마음을 따뜻하게 하고

끝 간 데 없이 뒤엉켜 널브러진
서로 시린 상처를 보듬어 안고
아픈 소망의 끈을 이어가고

슬픔에게

달무리 같은 처연한 슬픔
햇무리 같은 눈부신 슬픔
누구의 슬픔이 더 크냐
저울질하다,
달무리 걷히고
햇무리 사라지면
슬픔이 사라지나
되물어 보다,
달처럼 해처럼
슬픔도 언제나 있어
만물을 움직이는 힘이 아니던가

그 찬란한 슬픔
치유의 손길
그 경외로운 슬픔
깨달음의 자리

겨울 노을

구름이 하늘에 자신을 흩뿌려서
환한 감흥으로 말없이 사라지고
빗물이 대지에 자신을 내려놓아
진한 감동 되어 잠잠히 스며들고
사랑은 스스로
상처받기로 결단하는 일이라는데
아무것도 바라지 않고
아무것도 두려워 않고
서로에게 그저 드려져서
그렇게 기쁨이고 생명이니

나뭇잎 다 떨궈
오히려 풍성한 숲 사이로
겨울 노을
더 선명하고 맑고 깨끗해

떠나고 사라져도

사랑하는 사람들도 다 떠나고
사랑하는 것들도 다 사라지고
언젠가 홀로 남을 거라는
씁쓸하고 막연한 불안
겹겹이 쌓이는 알 수 없는 분노

어렵게 곱게 물든 단풍
한 잎 두 잎 꽃이 지듯 떨어지고
마지막 이파리 바라보는 처연함
스산한 바람에 벌써 말라버린 눈물
닦아낼 수도 없는 속 쓰린 눈물

눈물 속 저 이파리 다 떨어져도
지울 수 없는 떠나고 사라진 사랑
씨앗으로 남아 서로를 자라게 하느니
홀로 있어도 사랑은 시들지 않으며
희망은 더 넓은 세계로 펼쳐지리니

일깨워

연한 순
아무리 경이로워도
억센 줄기로 자라나야 해

피운 꽃
아무리 감동스러워도
마침내 시들고 떨어져야 해

열매들
아무리 눈물겨워도
아낌없이 죽어져야 해

머물 수 없어
머물러서는 안 되어서
오히려 더 아름답고

아린 아픔과 슬픔이
모두 일깨워
서로 온전케 하느니

가장

감내할 수 있는 모든 고통 중에서
누군가에게서 잊혀지는 아픔이
가장 견딜 수 없이 힘겨운데
전혀 생각지도 못한 고통에서 문득
지워지듯 빽빽한 구름이 사라지고
높푸른 하늘이 계시처럼 다가오며
부어지는 숨 막히는 기쁨이
전율을 불러일으키느니

전에 알지 못하던 세상이 열려
담담한 평안과 소박한 미소가
전 존재 안으로 스며들어
전혀 거부할 수 없는 슬픔에서 문득
잊혀지는 비통도 견딜 만하고
흔들리는 지반에도 담담하고
감당할 수 없는 아픔 중에도
오히려 즐거워하게 되느니

많은 물소리

맑은 물소리, 둔탁한 물소리
낮고 빠른 물소리, 높고 느린 물소리
한 번도 똑같이 반복되지 않는
많은 물소리

꿈이 피어나는 물소리 사이
온갖 아우성이 깔리고
분출하는 갈등의 소음 사이
평온의 가성도 들리고
지겨운 역사의 신음 사이
섭리의 가락이 희미하고
어지러이 뒤섞이다
말할 수 없이 그윽한 선율

시시각각 물소리 변주곡
누가 연주하고
누가 듣는가
순간순간 마음속 변주곡

누가

바람은 대숲에 들어가
무슨 말을 들려주기에
처음엔 수줍게 미소 짓다
마침내 참을 수 없이
저토록 허리가 휘도록
웃게 하는가

바람 없는 대숲은
초록 고요 속에 묻힌 호수
바람 맞이할 준비하는
정성 가득한 기다림
누가 바람 보내어
대숲을 웃게 할 건가

아무래도

시들고 병든 나무
화사한 꽃이 피어도
아무래도 안쓰럽지

서리 내린 벌판
들국화 홀로 환해도
아무래도 처연하지

찬 공기 가득한 정원
맨드라미 색깔 고와도
아무래도 쓸쓸하지

서럽고 시린 마음
인내로서 의연해해도
아무래도 씁쓸하지

어쩔 수 없어

지나간 시간의 공허
스쳐 간 생각의 악취
뱉어낸 말들의 독기
안타까워도 어쩔 수 없어

시간은 지나가도 기억은 남고
생각은 스쳐 가도 느낌은 남고
말들은 사라져도 상흔은 남아
존재의 근원까지 흔들어대지

회한이 무더기로 자라고
자괴로 끝없이 괴롭고
상처로 결결이 힘겨워서
빈 하늘로 자꾸 눈길이 가지

누구도 어쩔 수 없는
그 질곡 망연히 들여다보다
높이 달려 그 진실을 애타게
짊어지고 있는 이를 바라보게 되지

배와 새

깊은 슬픔 같은 바다
일렁일 때마다
사정없이 흔들리는 배
모래 위에 써둔 뱃길
어디로 흘러가는지
두렵고 막막하고

터진 분노 닮은 바다
밀려올 때마다
하염없이 안쓰러운 새
구름 그늘에 만든 둥지
어디에 머물러야 할지
힘겹고 불안하고

가엽게 떠도는 배와 새
누가 너울거리는 바다 위를 걷고
몰아쳐 덮쳐 오는 바다를 다스려
무심하고 한恨 된 세월에도
어디로 흘러가도 평안하고
어디에 머물러도 괜찮게 하랴

안쓰러워

신록의 눈부심은
오히려 서럽고
영산홍의 화려함은
스스로 부끄럽고
들판 잔꽃 송이의 신실함은
어쩐지 애잔하고
비 온 후의 싱그러움에
알 수 없는 씁쓸함이 묻어나고
모자람과 불편함을 향한 안쓰러움,
신심身心을 맑게 하는
긍휼의 마음

보름달

그래, 그렇지, 흐음
보름달만 한 슬픔이 있더냐
모두 위에 있지만
누구의 것도 아니기에,
모두를 비추어주지만
누구에게도 머물 수 없기에,
모두에게 그 자신에게
더할 수 없는 슬픔이 아니더냐

더할 수 없이 채워졌기에
이지러질 일만 남은 슬픔은 어떠랴
더 누릴 것 없이 가득하기에
다 내어놓는 아픔은 또한 어떠하랴
그 슬픔 속에 만물은 속 깊어지고
그 아픔 있기에 서러움이 잠들고
그 슬픔과 아픔으로
사랑도 평안도 자라나니

얼마나

한 줌 별빛에 빛나는
나무 이파리는 얼마나 찬란한가
어두운 빈 하늘에 기대어 서있는
키 큰 소나무는 얼마나 장대壯大한가
반딧불이 빛으로 영롱한
풀잎 이슬은 얼마나 사랑스러운가
빛도 미치지 못하는 음지에서
겨우 스며든 반사 빛으로
자신들을 보여 주는
이름 모를 그네들은 얼마나 대견한가
그저 있음만으로도 감사하는
보잘것없어 보이는 모든 존재들은
또 얼마나 위대한가

너로 인해

바다는 주체할 수 없는 욕정으로
끊임없이 갯바위를 능욕하며
허연 이빨을 드러내고 낄낄거리고
갯바위는 온종일을 고스란히
눕지도 못하고 서서 당하며
찢긴 몸과 마음, 검게 굳어지고

하얀 갈매기 날아와 위로가 되고
따뜻한 바람 찾아와 기쁨이 되고
정갈한 비 내려 치유가 되고
아름다운 햇살이 용기를 돋우고
거룩한 손길이 생명을 붙들어
너로 인해 살 소망을 새롭게 하나니

제3부 그래 좋을시고

열린

외로움은
부끄러운 일이 아니지
두려운 일도 아니지
피할 일도 아니지
자기를 찾아가는 여정일 뿐
참된 자유에 이르고
존재의 심연에 도달하려는
삶의 한 모습일 뿐

광야 외로움을 지나
군중 외로움을 뛰어넘어
버림받는 외로움을 견뎌내며
무화無化되어 가는
외로움의 외로움을 그저 품어 안고
목숨으로 먼저 그 여정을 열어간
그이를 따라 걸어가는
사람됨으로 열린 길일 뿐

코러스

물속에서 비를 맞듯
바람 없이 내리는 비
구름 속에서 비를 맞듯
고요한 숲속
생명 환희 충만한 숲속
경이로운 세상
벼락 치는 천둥소리
시간이 멎는 듯한 순간
또 다른 고요
이어지는 새들과 짐승들 풀벌레들
생명 있는 모든 것의 짧은 외침
순간에 쓰이는 생명 탄성의 코러스
다시 천둥 쳐도 똑같이 반복되지 않는
단 한 번뿐인 단음절單音節의 코러스

팔당 갈릴리

팔당에서
갈릴리바다를 보셨다 하셨던가

그건 눈물이었지
이 산 저 산 골골이 배어있는
돌들의 눈물, 나무들의 눈물
그늘에 앉은 사람들의 눈물
역사 위에 흐른 눈물들이 모여 모여
거기 두물(兩水)머리였네

팔당의 꽃들은 흐드러지고 신록은 눈부셔
눈물 생명이 피어낸 경이로움이겠지

갈릴리 그이도 그랬었는데
봄 햇살 놀랍고
봄바람 살랑거려 거칠 게 없고
봄 흙도 봄물도 힘이 붙고
바뀐 세상에 함께 취해
팔당이 눈물인 것도 잊고
좋은 벗님과 노닐고 있더군

피다 만 꽃도

피다 만 꽃도 꽃이런가
불다 만 바람은 또 어떤가
타다 만 등걸,
언제 불을 품었던가
무엇도 되지 못하고
되다 만 듯한 인생은
또 무엇이던가

무심코 지나가는 듯한
새들의 궤적 속에
모자라는 것들
아쉬워하는 것들을
안타까워하는 마음
감싸 안는 품안
어루만지는 손길

날의

하늘 밖에 하늘이 있어
하늘은 그렇게 높고 푸른데
아무리 올려다보아도 눈만 부시고
보고 싶은 건 보이지 않고
그 아련한 사랑만 눈물 되어
마음에 뚝뚝 떨어지고

구름 덮여 흐린 날에
아무 눈부심도 없어
모든 게 더 또렸해져
보이지 않던 천외유천天外有天도
마침내 손에 잡히듯 그려져
만족한 미소 되어 마음에 담기고

맑은 날은 맑은 날의 눈물,
흐린 날은 흐린 날의 눈물이던가

봇물 터지듯

봇물 터지듯
하염없이 넘쳐흐르는 눈물
억울하니 억울하여
무능하니 무능하여
속상하니 속상하여
천지간에 홀로이니 홀로여서
스스로도 천박하니 천박하여
진실로 부끄러우니 부끄러워
아무에게도 기댈 수 없어
누구에게도 말할 수 없어
어디에도 길이 없어
그칠래야 그칠 수 없어
숨죽이고 길고 길어진 밤샘 오열

눈물이 감싸 주는 상흔과 고통
함께 울어주는 그이 있어
아침 빛에 다가오는 위안과 평안

쓸쓸하여

쓸쓸하고
쓸쓸하고
하도 쓸쓸하여
올려다보는 빈 하늘
외롭고
외롭고
가없이 외로우신
눈물 고인

낡은 저녁노을에 홀려
그저 떠있는 작은 배들 사이
쓸쓸함과 외로움을 함께하려
더 깊은 쓸쓸함으로
더 넓은 외로움으로
더 맑은 눈물로
먼 바다로 홀로 나아가는
쓸쓸하고 외로운

그래 좋을시고

시리고 흔들리는 이빨에
가물가물해지는 시력에
세월의 무게를 느껴도
마냥 서글퍼지기보다는
진한 감사가 도타와지고

이룬 것 없는 무능함에
드릴 것 없는 빈손에
세월의 무상함이 다가와도
해볼 도리 없는 심란心亂보다는
잔잔한 평안이 더해지고

내려놓을 것 거의 내려놓아도
이것밖에 못된 빈 마음에
세월 앞에 부끄러워져도
그저 휑뎅그렁 무너지기보다는
작은 기쁨이 솟아나고

그대 내 안에 있고
나 그대 안에 있으니

모든 게 다 떠나간다 해도
좋을시고, 그래 좋을시고
더할 수 없이 좋을시고

숨 쉬듯

청청한 숲속
하루 종일 들려오는 맑은 계곡물 소리
밤새도록 이어지는 절절한 계곡물 소리
온 존재 기울여 목청껏 노래하고 있구나
온 마음 다 드려 쉬지 않고 간구하고 있구나
온 세상 채우는 기쁨
온 시간 뛰어넘는 평화
숨 쉬듯 다가오는
삶의 신비

포옹

오직 생명들을 키우려
온 세상을 살리려
억수 장대비로 찾아와서
그 안에 서있는 그이
온 땅 하늘 질타하는 빗소리
마음은 가눌 수 없이 휘청이고
오는 비, 가는 비
오가며 다 맞아
물에 빠진 듯 차오르는 비애
적나라한 슬픔 속에
비로소 보이는 빗속의 그이
탕자 같은 젖은 가슴
온 마음으로 품어 안는 뜨거운
포옹

기쁨은

맑고 깨끗한 바람 찾아와
한참 머물다 그 친구처럼
말없이 빙그레 웃어주고
내 안에 들어와 살고

팔베개하고 누운 듯
운악산 아름다운 능선
한 폭 풍경화로 걸려 있다
내 안에 향기로 녹아들고

오묘한 리듬으로 나무 쪼는
아마 오색딱따구리의 수고 속에
기도와 노동의 흥그러움이
내 안에 슬쩍 파고들고

마음의 기쁨이 산하를 덮고
몸의 기쁨은 구름 위에 뜨고
삶의 기쁨은 우주로 이어지고
풍성한 기쁨이 온 세상에 넘치고

그윽한 향기

칼이 춤추는 섬뜩한 시대
배신이 일상인 분주함 속에
승리의 노래도 패배의 노래도
더 이상 아무 의미가 없어지는
함께 스러져가는 너와 나

슬픔과 상처와 우울과 어둠이
어지럽게 엉킨 한恨의 노래가
끝없이 징징대는 가슴들 속에
숨살이꽃으로 피어나는 다향
모두를 살리고 보듬어 안는데

있는 듯 없는 듯 보일 듯 말 듯
거기 그렇게 모두의 곁에 있어
누군가 따뜻한 미소들 사이에서
그 마음과 그 마음이 이어져서
서로를 용납게 하는 그윽한 향기

그 이후

꽃봉오리라고 다 꽃 피우는 건 아니지
꽃 피웠다고 다 열매로 영그는 건 아니지
씨앗이라고 다 새싹을 틔우는 건 아니지
새싹이라고 다 꽃봉오리를 만드는 건 아니지
무슨 연유緣由로 거기까지든,
거기까지는 한 치 부끄러움이 없어야지
불만과 원망할 틈이 없는 거지
그 이후는 내 몫이 아니지

들꽃으로

마음은 들꽃이 아닌데
들꽃으로 살라 하시면
먼저 진정 들꽃이 아닌지 살피고
들꽃이 아닌 게 분명하면
들꽃으로 살라 하시는 의미를 헤아리고
들꽃으로 살 수 있는 힘을 구하고
흔쾌히 받아들이기 어려워도
기쁘게 들꽃으로 사는 비워진

키 큰 나무들

능선 위 반공半空에 나목裸木 되어
산을 풍요하게 하는 키 큰 나무들
보이는 세상 보이지 않는 세상
모두 바라보며 일궈낸
행복하고 고단한 일상

공제선空際線에 자신을 다 드러내어
맑고 투명한 산을 가꾸는 키 큰 나무들
이쪽 비바람 저쪽 눈보라
이 뺨 저 뺨 모두 맞아가며 드러진
아름답고 버거운 희생

진정 아무 보상도 바라지 않고
자기 키만큼 산을 높여 준 키 큰 나무들
힘겨운 일상 오롯한 희생
불평 없이 세워진 자리 지켜낸
정금보다 더한 순정한 헌신

그림

키 큰 정원수 나무들이
아파트 벽에다 그려놓는 생동하는 그림
곰살가운 나무들은
집 안 방 벽에다가도 사랑 고백 그림을
그려놓고 스스로 감격하는데,

하늘, 땅, 바람, 해, 사람들
헤아릴 수 없이 많은 것들의
내어줌과 나눔으로 사는 감격을
그렇게라도 갚고 싶은
절절한 마음이 고맙게 다가오고,

순간순간 새로운 아름다운 그림
그 짧은 순간의 고백과 감격을
마음에 새겨 넣는 도장 같은 그림,
언제나 마음에 담아두고 싶은
시원한 생수 같은 걸작 그림

꽃이오

당신은 꽃이오
가장 아름다운 꽃이오
세상에 둘도 없는 꽃이오
세상을 환히 밝히는 꽃이오
아름다운 꽃이오
진정 꽃이오
나의 꽃이오

두 마음 품지 않는 빛깔로도
오롯한 꽃 모양으로도
고유한 향기로도
꽃잎 시들고 씨앗으로 남아도
스스로 자기됨을 증언하는 꽃이오
우리 모두의 꽃이오
나의 꽃이오

이렇게 빛나는

늘 주연主演을 꿈꾸었지
언젠가 기회가 온다고 믿었지
속절없이 흐르는 시간 속에서
서글픈 아부도 늘고
감추었던 시기도 깊어지고
원망과 시비도 한층 교묘해지고
조바심은 더해지고
조연助演 인생으로 끝날 것 같은
불안감에 떨고 있었는데

어느 바람 잔 맑은 날
마음에선가 하늘에선가 들려오는 한마디
"서로가 서로에게 주연 같은 조연일 뿐"
주연이든 조연이든
조연의 조연이든
서로의 옆에 서있는 것만으로도
넉넉하고 너그러워졌으니
참 기적이고 신비이네
조연들이 이렇게 빛나는 것이거늘

낮아지는

돌의 힘은 오랜 침묵
폭포의 아름다움은 단호한 부서짐
새의 매력은 힘찬 비상
절창 중의 절창은 득음得音의 비명
사람의 사람다움은
비워지는 낮아짐
엎드려 내어줌

다 비워지고
더 낮아지고
더 엎드려
다 내어주는
그이 마음에 담기도록
다 내려놓아질 때
누려지는 가장 복된 삶

제4부 바람 얼굴

들꽃 향연

들꽃 피어 실바람에 하늘거리면
황무지라도 살 만한 기쁨이 일고
들꽃 빛깔 강렬하게 호소하면
뙤약볕 돌밭이라도 거칠 게 없고
들꽃 향기 은은히 퍼지면
외진 빈 들이라도 쓸쓸하지 않고
들꽃 자취 남겨져 있으면
무덤가라도 새 소망이 다가오니

봄철 들꽃도 그러하고
여름 들꽃도 그러하고
가을 들꽃도 그러하고
겨울 들판도 그러하리
언제 어디에서라도
들꽃 향연이 있는 한
삶의 향연도 계속되리
향연 같은 삶도 번져가리

담론談論

구름, 비, 달빛 어지럽게 휘 섞이듯
알 듯 모를 듯 현란한 언설言說들
섬광처럼 숨 가쁘게 쏟아지는 화두話頭들
출구 모르는 미궁 속에 갈피 못 잡는 사고思考
녹피鹿皮에 가로 왈曰,
긴가민가 혼돈 속에 침몰하는 실천 의지

목 타는 황무한 세상
갈 데까지 가려는 무모함
미쳐버리지 않는 신기함
소름 돋치는 두려운 속내
뻔한 파국 외면하는 길들여진 타성惰性
불안하고 힘겹고 가련한 군상群像

새로운 세상은 왜
길, 진리, 생명은 누구
평화 누리, 대동세계大同世界는 무엇
살리는 바람은 어디
시간과 영원의 어울림은 언제
이 모든 것이 모두에게 어떻게

무엇이더냐

제철 장대 소낙비,
나무 이파리 두드리는 소리
무엇으로 들리더냐
가장 절실할 때 찾아와
닫힌 마음 두드리시는
님의 마음이 아니더냐

폭염 한줄기 청풍,
나무 이파리 살랑거리는 몸짓
무엇으로 보이더냐
가장 힘겨울 때 찾아와
지친 마음 만져주시는
님의 정성이 아니더냐

노을빛 따사로운 햇볕,
나무와 숲을 품어 안는 포옹
무엇으로 느껴지더냐
가장 곤고할 때 찾아와
시든 마음 살려 내시는
님의 사랑이 아니더냐

바람 얼굴

바람이 얼굴로 다가와
휘휘 돌며 머뭇거려,
머물러도 좋을지
대좌하고 앉아도 좋을지

얼굴이 있으니 표정도 있지
불안을 감추기도 하고
여유를 가장하기도 하지
좀처럼 속내를 드러내지 않아

그래, 표정이 있으니 마음도 있겠지
바람이라고 상한 마음이 없을라고
깊이 가려진 상흔도 설움도
일상이 된 외로움도 고단함도

휘휘 돌며 머뭇거리는 까닭
동병상련의 연민을 느껴도
선뜻 손 내밀어 맞아들이지 못하는
미안함과 무력감이여

아하, 모두를 감싸 안으려다
천 갈래 만 갈래 찢어진 마음으로
그 누구의 손도 잡아주는
그저 고마운 이여

오랜 꿈을

바람이 친숙한 얼굴로 찾아와
누운 얼굴 위에 배회하다가
눈들을 맞추고
얼굴을 맞대고
죽마고우처럼 반가워하다
서로의 호흡이 되어
서로 안에서
서로 모습으로 발견되고

머물 수 없는 바람이
사람 안에 머물게 되고
날아오를 수 없는 사람이
바람으로 날아오르니
서로 숨결로 머무는 기쁨
서로 자유를 맞아들인 환희
본래 모습으로 사는
오랜 꿈을 이룬 감격

빗소리 교향악

느티나무 잎새에 내리는 빗소리
주목 나무 이파리에 스치는 빗소리
포플러 나무 줄기에 흐르는 빗소리
밤꽃 흩뜨리는 빗소리
칡넝쿨 출렁이게 하는 빗소리
연꽃 이파리에 뒹구는 빗소리
북같이 남은 그루터기 두드리는 빗소리
새의 깃털에 튕기는 빗소리
고요하게 내리는 빗속에
어울리는 서로 다른 빗소리
살아있는 존재들이 피워 내는 신비
교향곡 무슨 장조인가
작품 번호 몇 번인가
빗소리가 만들어내는 교향악
지휘하는 이의 만족한 웃음소리
들을 수 있는 자들의 흥그러운 박수 소리
이제 바람은 어떤 교향악을 만들어낼 건가
햇살은 또 어떤 교향악을 만들어낼 건가

여유로운

늦더위가 유난히 심한 가을 초입
우주로 통하는 더 높고 깊은 파란 하늘
달고 튼실한 열매 만드는 거침없는 햇살
그리운 소슬바람, 늦어지는 단풍
막 피울 억새 군무群舞 홀로 신난 바람
무수한 공포와 소문 뿌려댄 태풍
한껏 독 오른 오동통한 게으른 독사까지
무엇을 해도 좋을 여유로운

아무것도 한 것 없어
염치없는 무임승차라도 그저 좋고
무엇 하나 더 보탤 것 아주 없어
절로 풍요로운 흥겨움이 차오르고
누구라도 그리 그리 어찌어찌해도
아무래도 넘쳐 나는 감격
언제라도 주체할 수 없이 밀려오는
모두가 함께해도 좋을 황홀한

꿈

바다에 잠겨있는 바위는
지금 무슨 꿈을 꾸고 있을까

억년 세월을 기다려
수려한 산 위에 솟아오르는
꿈을 꾸고 있을까
억년 세월에 더 깊게 내려가
더 풍성한 바다 계곡을 이루는
꿈을 꾸고 있을까
억년 세월 동안 지금 자리 지키며
변함없이 마음 다해 찬양하는
꿈을 꾸고 있을까
억년 세월에 다 해체되어
물과 바람으로 사는 자유를
꿈꾸고 있을까

바다에 잠겨있는 바위는
지금 무슨 꿈을 꾸고 있을까

사려니숲

구름인지 안개인지
희뿌연한 고요한 숲속엔
생명들이 뿜어내는 호흡들이
신령한 숨결처럼 다가오고
소리 없는 소리로 가득한
흙 바위 풀 나무 만물들 사이사이엔
천하를 담을 넉넉함이 배어있고
알지 못하는 손길에 이끌리어
온 숲속을 헤매도
모든 것이 신령스러워 그저 좋을 뿐

바람도 없어 모든 게 흔들림 없이
있는 그대로 드러나고
폐부에 닿는 신선함에
심장은 오랜만에 편안히 뛰고
곱게 해체되는 하얀 나뭇등걸 옆에
돋아나는 새싹 새순 그 생명 환희
낮 꿩이 울어도 정겹고
따라다니며 소리치는 까마귀도 싫지 않고
사슴 그 큰 눈망울에 비치는
낯선 나의 참모습 그저 신기할 뿐

순례길

늘어나는 수많은 질문들
점점 줄어드는 대답들
또렷했던 것들도
점점 흐릿해지고
흐물흐물 무너져 내리는
확신들을 바라보는 허망

아프기라도 하면
그때 그 일 되살아나
가슴이 덜컥 내려앉고
용서받은 그때 그 일들도
잔인하게 다시 옥죄어 와
자유는 서서히 사라지고

갈등과 불안보다는
허망과 아쉬움의 고통
안주하는 게으름으로 인해
날로 새로워지지 못한 회한
멈추지 않는 순례길에서나
찾아지려나 대답과 평안

절상絕想

분주한 차 소리 지나가고
헝클어진 새소리 흩어지고
씁쓸한 바람 소리 잦아들고
속 시끄러운 잡소리 다 수그러들고
거친 호흡 소리 가지런해지고
끝없는 생각이 멈추었을 때
존재 자체로 드러나고
있어야 할 모습
그림 보듯 확연해지더니
쓸쓸함도 허무함도
번다함도 갈망함도
무심코 곁에 두고
절상絕想의 자유가
자유케 되더니

숨 막히게

숨 막히게 황홀한 비전
감내해야 할 대가代價
반드시 이루어야 할 사명
힘에 부친 실천
순간순간 밀려오는
바다 같은 슬픔

그때마다 비전보다
위대한 따뜻한 눈길
그때마다 사명보다
절절한 그윽한 품 안
숨 막히게 감싸 오는
하늘 같은 위로

까마귀 영가靈歌

큰 산 중턱 어스름이 깔리며
모든 색깔이 사라져 만물이 흑백으로 바뀌다가
다시 어슴푸레 농담濃淡으로 뭉그러지고
삶과 죽음의 경계도 흐릿해지는데
외경스러운 무언가에 사로잡히며
애틋하게 감싸드는 모호한 편안한 시간에

온 산 까마귀들이 세상을 덮듯 일제히 날아올라
어두움에 삼켜지는 노을 잔영 속에
하늘 같아지는 땅, 땅 같아지는 하늘
그동안 가려졌던 것들, 버려졌던 것들
서러운 모든 것들의 멍에를 벗기고
온 하늘과 온 땅에 상서祥瑞로운 기운 충만케 하니

길들일 수 없는 까마귀들의 힘찬 비상,
많은 물소리, 거센 역류 같은 날갯짓 소리,
눈물마저 글썽이게 하는 신비로운 날개 춤사위,
지금껏 세상이 들어보지 못한 숨 멎는 교향악이 되고
이제껏 보지 못한 형언할 수 없는 군무群舞 되어
신령하고 축복된 기운 온 누리에 퍼져가게 하니

심장은 전에 없이 세차게 뛰고
호흡은 온 세상 교감하며 깊고 넓어져
죽어 해체되었던 생명들이 다시 살아 일어나
밝은 날에는 그처럼 감추어져 목말라하던
기쁨과 평화가 장맛비처럼 내려오나니
까마귀들의 그 속 깊은 헌신에 감격하고 전율하니

생명이 태어난 현묘玄妙한 어둠 속에 날아올라
오롯이 생명 길을 증언하는 까마귀들이 있기에
그들이 내려앉아 잠들어 있는 숲이 있기에
내일의 숲도 산도 하늘도 사람 세상도
신령스럽고 또한 소망이 있는 것이니
그의 나라도 그렇게 여기 있는 것이니

달관

비워지는 만큼 풍성해지고
낮아지는 만큼 자유해지고
내려놓는 만큼 평안해지고

사모하는 비워지게 하는 손길
소원하는 낮아지게 하는 눈길
간구하는 내려놓게 하는 마음

더 온전히 알아지는 세상의 이치
더 가까이 펼쳐지는 신비한 기쁨
더 깊숙이 누려지는 행복한 인생

여정旅程

장대비, 승장의 확신 찬 개선
안개비, 탕자의 숨어든 귀향
장맛비, 민중의 시원한 한풀이
오는 듯 마는 듯 마른 비,
흔적도 남기고 싶지 않은 패자의 심정
물 폭탄 같은 집중호우,
주체할 수 없는 눌린 자들의 분노

어떤 모양이든
대지에 내려야 쉴 수 있는 비
강물로 흐르든 호수에 갇히든
바다로 나가 또 다른 귀환을 준비하든
어머니 품인 대지에 안겨야
끝나는 비의 여정
온 세상 떠도는 마음도 그러하듯

그저

하루하루 바람과 더불어 흔들리며
시간 시간 빗방울에 휩싸여 젖어가며
순간순간 공기 방울 흐름을 매만지며
시시때때로 미세먼지에 시달리며
그저 자기 길을 고맙게 살아가는
이름도 없는 무수한 이파리들
무슨 완성을 꿈꾸지 않는다.
그냥 살아있는 것
그저 살아가는 것
완성보다 아름다운
미완성의 완성

좀 더

마음에 슬픔이 가득한 사람은
그믐달같이 가늘게 눈을 뜨고
먼 하늘을 바라보는데
눈물 그렁그렁 차고 넘치게
눈자위를 파고드는 높새바람 자락

마음이 외로워 무너지는 사람은
보름달같이 크게 눈을 뜨고
주변을 두리번거리는데
대지에 가득히 현기증을 일으켜
그리움에 몸부림치게 하는 아지랑이

달이 이지러 들든 차오르든
아무래도 달래지지 않는
힘겨운 마음, 불화하는 마음
시도 때도 없이 불어오는 높새바람
언제나 어른거리는 아지랑이

좀 더 간절해지는 마라나타
천지에 가득해지는 마라나타

그때가 오면

언젠가 내게도 그때가 오겠지
심장의 박동이 사그라들고
가늘어지던 호흡도 조용히 멈추고
흐르던 피도 멈추어 고이고
모든 세포들이 하나씩 해체되고
그와 더불어 생각도 마음도 의지도
더 이상 움직이지 않고 멈춰 서
서로를 바라보게 되겠지
늘 곁에 있었지만 늘 낯설었던 세계가
영원히 익숙한 세상으로 다가오겠지

언젠가 내게도 그때가 오면
그동안 보이지 않던
모든 것이 보이게 되겠지
그 문을 넘어 존재의 근원 앞에서
돌들의 숨결, 나무들의 대화
바람의 메시지, 산과 바다의 부르짖음
역사의 섭리, 별빛의 신비,
만물이 그 자신으로 사라지지 않고

거룩하고 신령하게 교감하게 되겠지
생명이 생명에 감싸여 영생이겠지

폭풍의 언덕

폭풍이 오는 길목에
홀로 서있는 나무 한 그루
수만 번 거센 바람에
낮고 비스듬히 몸을 뉘어
의연히 서있으니

숨결 가빠지게 휘몰아치고
생각할 틈도 없게 흔들어대고
대처할 여유도 날려 버리고
온갖 두려운 상상에 떨게 하지만
뿌리 더 깊게 내리게 하고
잔가지 쳐 다듬어주고
온갖 잡것들 다 떨쳐내 주고
긴 세월 버티게 해
천지에 당당하게 서게 하느니

나무도 바람도 서로에게
고마운 친구 되어
폭풍의 언덕을 오히려

더 아름답게 하느니
더 의미 있게 하느니

생명을

땅이 자기 생명을 내어주어
새싹들이 돋아나게 하고
하늘이 자기 생명을 나누어주어
좋은 비가 내리게 하고
바람이 자기 생명을 기울여주어
착한 새들이 날아오르게 하고

좋은 비 곱게 내려
하늘 생명 맑혀 주고
착한 새들 날아올라
바람 생명 올곧게 하고
새싹들이 자라나서
땅의 생명 기름지게 하고

바람 생명으로 착한 새들은
하늘 생명을 훙그럽게 하고
하늘 생명으로 좋은 비는
땅의 생명을 품어내고
땅의 생명으로 새싹들은
바람 생명을 향기롭게 하고

별빛 사랑

별빛,
내가 보고 있는 너는
내가 보고 있을 거라는 걸
알고 있었겠지.
네가 떠나올 때
억년을 뛰어넘는 그 믿음
너를 맞이할 때
억년을 기다려온 그 소망,
너와 나에게 있기에
너와 나 운명적 만남은
시간의 양 끝 밖에서 온
영원의 사랑이겠지.
서로의 눈동자에 비친
별빛을 바라보는
우리의 사랑도 그러하지

씨앗의 인사

미안해요
더 아름다운 꽃 피우지 못해
더 사랑스런 꽃 피우겠다는
약속으로 씨앗을 맺었어요.

감사해요
더 성결한 꽃 피워 낼
또 한 번의 기회를 주심에
소망으로 씨앗을 맺었어요.

사랑해요
우리가 어떤 꽃이건
다 귀한 꽃으로 보아 주심에
감격으로 또 씨앗을 맺었어요.

해 설

폭포와 새와 들꽃처럼 살고자 하는 구도자의 길

김응교(시인, 문학평론가, 숙명여대 교수)

1.

시집 한 권에는 시인의 긴 인생이 실린다. 시집은 한 인간의 호흡이며 간구다. 그 호흡과 간구를 독자가 겸허하게 귀 기울일 때 시인과 독자의 대화는 가능하다. 특별히 이 시집에는 구도자求道者의 삶이 실려있다. 방금 구도자라고 쓴 바, 시인 자신이 선택한(求) 길(道)을 어떻게 표현하느냐, 그 문제는 그리 쉽지만은 않다.

서성환 시인은 제주도에 살면서 섬의 자연물을 시에 끌어들인다. 자연물을 대상으로 삼는 것이 아니라, 자연 자체를 자신과 일치시킨다. 시인이 돌을 관찰하는 것이 아니라, 스스로 돌이 되는 경지이다. 시인이 새를 관찰하는 것이 아니라 스스로 새가 되는 경지다. 시인=자연=독자가 하나로 동일시同一視될 때 독자의 마음에는 시적 울림이 퍼진다.

돌의 힘은 오랜 침묵

폭포의 아름다움은 단호한 부서짐

새의 매력은 힘찬 비상

절창 중의 절창은 득음得音의 비명

사람의 사람다움은

비워지는 낮아짐

엎드려 내어줌

다 비워지고

더 낮아지고

더 엎드려

다 내어주는

그이 마음에 담기도록

다 내려놓아질 때

누려지는 가장 복된 삶

—「낮아지는」 전문

이 시에서는 A는 B라는 메타포가 이어진다. 돌의 힘=오랜 침묵, 폭포의 아름다움=단호한 부서짐, 새의 매력=힘찬 비상, 절창 중의 절창=득음의 비명으로 이어진다. 시의 전

반부를 정리하면 오랜 침묵, 단호한 부서짐, 힘찬 비상, 득음의 비명을 강조한다. 시인이 걷고 싶은 길(道)이 은유로 맑게 나타난다. 오래 침묵하고 싶고, 부서져야 할 때 단호하게 부서지고 싶고, 날아야 할 때 힘차게 비상하고 싶고, 노래를 불러야 할 때 아픈 이들을 대신하여 비명이라도 지르고 싶은 것이다.

이후 더 깊은 직설直說로 시인은 말한다. 그가 생각하는 "사람의 사람다움"은 비워지고 낮아져 내어주고, 다시 더 비워지고 더 낮아지고 더 엎드려 다 내어주는 결국은 "다 내려놓아질 때/ 누려지는 가장 복된 삶"이라는 경지境地다. 이 짧은 시에서 서성환 시인이 겨냥하는 구도의 목표가 명백하게 드러난다. 이 시야말로 시인이 살아온 삶이며, 앞으로도 살고자 하는 방향성일 것이다.

2.

이 시집은 태양을 향한 향일성向日性이 강하게 나타난다. 그 태양에는 절대자에 대한 신앙이 숨어있다. 그 태양이 절대자일 경우에는 전하려는 메시지가 너무도 명확하여 시가 단순화될 수도 있다. 그 표현이 낡거나 상투적인 표현이 된다면, 그 시는 격정적인 신앙의 표현일지는 모르나 시 자체로는 손해 볼 수도 있다. 목표 의식이 강한 글들은 독자에게 상상력의 여지보다는 작가 자신이 생각하는 믿음이나 신념을 정언正言으로 전한다. 제목이나 내용에서 날것으로 명령처럼 선해지는 것이다. 반대로 그 믿음이나 신념을 공유하는 독자는 공감으로 화답할 수 있다.

말라르메는 시를 암시暗示의 시라 하여, 시인은 모든 것을 말하지 않고 넌지시 건네기만 하면, 독자가 상상력으로 시를 완성시킨다고 했다. 암시를 넌지시 던지는 소품이 내 경우에는 읽기 좋았다.

꽃봉오리라고 다 꽃 피우는 건 아니지
꽃 피웠다고 다 열매로 영그는 건 아니지
씨앗이라고 다 새싹을 틔우는 건 아니지
새싹이라고 다 꽃봉오리를 만드는 건 아니지
무슨 연유緣由로 거기까지든,
거기까지는 한 치 부끄러움이 없어야지
불만과 원망할 틈이 없는 거지
그 이후는 내 몫이 아니지

—「그 이후」 전문

실존주의에서는 '나'라는 실존을 운명이라는 시간에 떨어진 주사위로 본다. 죽음으로 가는 존재로서, 인간은 마지막까지 최선을 다해야 한다는 것이 실존주의의 명제다. 이 시에서 시인은 인간의 운명을 꽃 피우는 것, 열매 영그는 것, 새싹 틔우는 것, 꽃봉오리 만드는 것으로 비유하고 있다. 세

속적 실존주의에서는 내가 나로 사는 것은 나의 선택이지만, 기독교적 실존주의에서는 내가 '나'로 사는 것은 내 몫이 아니다. "그 이후는 내 몫이 아니"라며, 인간의 알 수 없는 운명, 절대자의 개입을 시인은 암시한다. "그 이후"는 알 수 없는 삶의 수수께끼를 꽃봉오리와 새싹을 언급하며, 운명의 숨은 비밀을 슬그머니 누설한다.

> 마음은 들꽃이 아닌데
> 들꽃으로 살라 하시면
> 먼저 진정 들꽃이 아닌지 살피고
> 들꽃이 아닌 게 분명하면
> 들꽃으로 살라 하시는 의미를 헤아리고
> 들꽃으로 살 수 있는 힘을 구하고
> 흔쾌히 받아들이기 어려워도
> 기쁘게 들꽃으로 사는 비워진
>
> —「들꽃으로」 전문

이 시는 성찰의 시편이다. 나 자신을 돌아보는 회고回顧의 자세를 보여 준다. 이번에 시인은 들꽃에게서 보이지 않는 역할을 직조해 낸다. '나'는 두 가지 성찰을 경험한다. 첫 번째 깨달음은 들꽃이 아닌 나다. 들꽃이 아닌 나를 확인하고도 들꽃으로 살라는 부름을 받았을 때 나는 반응한다. 두 번째 깨달음은 들꽃이 아닌 게 분명한 나다. 나의 의지로는 들꽃처럼, 들꽃으로 살 수 없다. "들꽃으로 살 수 있는 힘"을 구할 수밖에 없다. 바로 이 지점에서 도약, 극전 전환이 이루어진다. 들꽃이 될 수 없는 나는 절대자의 부르심에 힘입어 "기쁘게 들꽃으로 사는 비워진" 수행 길을 다짐한다.

눈에 보이는 것이 세상의 전부는 아니다. 지금까지 우리는 돌이 단지 돌이 아니고, 폭포가 단순한 폭포가 아니며, 씨앗이 단순한 씨앗이 아니라는 사실을 시인을 통해 체험했다. 시인 자신을 씨앗과 일치시킨 작품을 한 편 더 읽어보자.

미안해요
더 아름다운 꽃 피우지 못해
더 사랑스런 꽃 피우겠다는
약속으로 씨앗을 맺었어요.

감사해요
더 성결한 꽃 피워 낼
또 한 번의 기회를 주심에
소망으로 씨앗을 맺었어요.

사랑해요
우리가 어떤 꽃이건
다 귀한 꽃으로 보아 주심에
감격으로 또 씨앗을 맺었어요.

—「씨앗의 인사」 전문

씨앗이 독자에게 인사하는 독특한 작품이다. 3연으로 구성된 이 시는 각 연의 1행을 "미안해요" "감사해요" "사랑해요"라는 반가운 말을 놓았다. 이후 그 동사를 놓은 이유를 3행씩 설명해 놓았다. 작고 보잘것없는 씨앗은 이 시에서 인간에게 거대한 가르침으로 다가온다. 아무리 작은 미물微物이라도 시인에게는 절대자가 창조한 걸작품으로서의 미물美物이다. 서성환 시인의 짧은 시편들은 노래로 만들기 좋다. 그의 시는 몇몇 작곡가에 의해 음반으로 출시되기도 했다. 작곡가이며 가수인 강명식이 지은 노래「승리」「침묵의 노래」, 작곡가 김성배가 지은 노래「그날의 꿈」「제주에서 온 편지」등이 서성환 시인의 시로 지은 노래다.

결국 시인은 자연을 통해 절대자가 계시한 길(道)를 따르고자 한다. 그래서 이 시집에는 "길" 이미지가 가득하다.

> 마음 모은 열린 눈이 보게 하니
> 보여 주시는 눈길 따라
>
> —「높건 낮건」부분

> 벗 삼아 걸어갈 이 있으면
> 홀로 걸어도 인생 꽃길이지
>
> —「꽃길」부분

> 사정없이 흔들리는 배

모래 위에 써둔 뱃길

—「배와 새」 부분

그이를 따라 걸어가는

사람됨으로 열린 길일 뿐

—「열린」 부분

날로 새로워지지 못한 회한

멈추지 않는 순례길에서나

—「순례길」 부분

그저 자기 길을 고맙게 살아가는

이름도 없는 무수한 이파리들

—「그저」 부분

이 시집에 나오는 "길"이란 단어가 나오는 문장을 옮겨 보았다. 시인이 생각하는 길은 어둡지만은 않다. 오히려 밝고 맑으며 둥그럽게 희망이 있다. "보여 주시는 눈길 따라" "홀로 걸어도 인생 꽃길"이며, "흔들리는 배"의 "뱃길"이지만, "사람됨으로 열린 길"이며, "멈추지 않는 순례길"이다. 시인은 그저 자기 길을 고맙게 살아가는 이름 없는 무수한 이파리의 의미를 살려 내기도 한다.

시인은 지친 나그네이며, "기력을 잃고/ 내일 가야 할 길이/ 두렵기만" 하지만 "오늘 밤 누가 어루만져/ 또다시 걷게 할까"(「나그네」)라며 다시 "보여 주시는 눈길"을 가고자 한다. 삶에는 수백 갈래의 길이 있다만, "나는 사람이 적게 다닌 길을 택했노라(I took the one less traveled by)"(로버트 프로스트, 「가지 못한 길」)라는 시구처럼, 서성환 시인이 가고자 하는 길은 좁은 길이다. 밝은 길이지만 놀러 가는 소풍 길은 아니다. 까닥하면 낭떠러지 길로 갈 수도 있다. 구도자로서 나그네가 가고자 하는 길은, 큰 존재가 "보여 주시는" 숭고하고 간절한 길이다.

3.

사실 이 시집의 해설을 쓸 자신이 없었다. 맑디맑은 시를 내 부끄럽고 비루한 상상력으로 재단한다는 것이 조심스러웠다. 이 글을 쓰는 시간이 오래 걸렸다. 글을 쓰기 위해 시동 거는 데만도 몇 달이 지났다. 그만치 이 시집은 정갈하다.

이 시집 해설을 쓰면서 나는 필자의 직업을 쓰지 않으려 애썼다. 무엇보다도 시인의 삶이 아니라, 시 자체를 독자들이 체험하기를 원했다. 사과를 만든 농부가 누구냐는 문제가 아니라, 사과의 달큰한 맛을 체험하기를 원하는 마음이랄까.

특정 직업을 강조하면 반대로 다른 종교를 가진 독자에게 오히려 방해가 될 수 있다고 생각했기 때문이다. 그래서 나는 계속해서 시인이라는 직함으로 이 글을 썼다. 이 시집을 쓴 서성환 시인은 나의 오랜 영적 멘토다. 내가 중학교 3학년 때 다니던 교회에 전도사님으로 오셨었다. 1970년대 말 내가 고등학생 때 전도사님이셨던 서성환 시인은 어느 날이던가 예배 시간에 머리를 빡빡 깎고 민주화를 요구하는 대열에 참여한 적이 있다.

고3 때 저 안현동 문간방에 갔다가, 나는 당시 서 전도사님이 A4용지에 시를 써서 묶은 몇 권의 자필 시집을 읽었다. 시 묶음을 읽었던 그날은 시 쓰는 사람을 직접 체험했던 축복의 날이었다. 그때 나도 시를 써볼까, 신기한 마음이 싹텄던 날이었다. 그날 시를 읽고 말하지 못했던 독후감을 오늘 이런 형태로 어렵게 써서 올린다.

오랫동안 전도사님으로 있다가 같은 교회에서 부목사님으로 계셨다. 이후에도 40년 이상 은사로 목사님 그리고 시인으로 서성환 멘토의 말씀을 경청해 왔다. 1985년 전두환 독재 시대 때 변하지 않는 시대에 대학 졸업장을 받아든 나는 허탈했고 소망이 없었다. 혼자 슬픈 술에 취해 신에게 호소하듯 절망하며 교회로 찾아갔다. 교회 뒤에 목사님의 사택이 있었다.

이십 대 중반, 까닭 없이 눈물 흘리며 술에 취해 찾아갔을 때, 아무 말 없이 손잡아 주셨던 서성환 목사님과 그때 조용히 닭죽을 끓여 주신 사모님께 이 책을 드린다. 내가 처음 『그늘-문학과 숨은 신』을 생각했던 때는 아현동 문간방에서 세 들어 사시던 서 목사님의 좁은 방에서 목사님의 습작 시를 읽었던 고등학생 시절이었을 것이다.

—김응교『그늘-문학의 숨은 신』(후기) 부분

인용문에 썼듯이 서성환 목사님은 이 모자란 서생에게 눈뜸의 순간을 주신 분이다. 그의 설교와 시에는 늘 정치적이거나 역사적인 아픔이 상징으로 스며있다. 종교인으로는 현실과 역사에 명확한 입장을 실천으로 보이고, 시인으로는 역사적인 아픔을 상징으로 표현했다. 서 목사님은 늘 낮은 목소리로 현실 문제를 얘기하고, 성서적인 방법으로 어떻게 대처해야 할지 가르쳐주시곤 했다.

이후 오랫동안 독일 선교사로 일하면서 독일 통일을 목도하고, 유럽 문화를 체험하고 귀국했다. 귀국하여 목회 지역으로 정한 제주도에서는 1948년 4 · 3 학살 사건 때 끔찍한 일이 있었다. 4 · 3 학살 사건 때 개신교의 일부는 서북청년단들과 합세하여 잔혹한 학살에 동참했던 것이다. 이 비극적 사건을 대하고 서 목사는 뜻있는 신자들과 함께 개신교의 잘못을 회개하는 운동에 함께해 왔다. 제주도를 사랑하는 목회자 모임을 만들어 개신교 목사로 반성하며, 낮은 곳에서 예수님의 마음으로 제주도민을 섬기는 일을 해왔다.

이제 우리는 시인인 한 종교인의 작품을 읽었다. 그는 초한 대처럼 올곧게 자신의 몸을 태워 희디흰 촛농처럼 한 편한 편 시를 써왔다. 그 시들은 어둠 속에 촛불을 밝혀 왔다. 서성환 시인은 삼라만상의 자연에서 보이지 않는 무한한 의미를 우리에게 제시한다. 이 시집에 실린 시편들도 이제 이

막막한 시대를 밝히는 작은 촛불 역할을 하리리 나는 희망한다. 창문을 열어 숲을 보았다. 저 숲이 문득 아찔한 가르침으로 황홀하게 다가온다.

천년의시인선

0001 **이재무** 섣달 그믐
0002 **김영현** 겨울 바다
0003 **배한봉** 黑鳥
0004 **김완하** 길은 마을에 닿는다
0005 **이재무** 벌초
0006 **노창선** 섬
0007 **박주택** 꿈의 이동 건축
0008 **문인수** 홰치는 산
0009 **김완하** 어둠만이 빛을 지킨다
0010 **상희구** 숟가락
0011 **최승헌** 이 거리는 자주 정전이 된다
0012 **김영산** 冬至
0013 **이우걸** 나를 운반해온 시간의 발자국이여
0014 **임성한** 점 하나
0015 **박재연** 쾌락의 뒷면
0016 **김옥진** 무덤새
0017 **김신용** 부빈다는 것
0018 **최장락** 와이키키 브라더스
0019 **허의행** 0그램의 시
0020 **정수자** 허공 우물
0021 **김남호** 링 위의 돼지
0022 **이해웅** 반성 없는 시
0023 **윤정구** 쥐똥나무가 좋아졌다
0024 **고 철** 고의적 구경
0025 **장시우** 섬강에서
0026 **윤장규** 언덕
0027 **설태수** 소리의 탑
0028 **이시하** 나쁜 시집
0029 **이상복** 허무의 집
0030 **김민휴** 구리종이 있는 학교
0031 **최재영** 루파나레라
0032 **이종문** 정말 꿈틀, 하지 뭐니
0033 **구희문** 얼굴
0034 **박노정** 눈물 공양
0035 **서상만** 그림자를 태우다
0036 **이석구** 커다란 잎
0037 **목영해** 작고 하찮은 것에 대하여
0038 **한길수** 붉은 흉터가 있던 낙타의 생애처럼
0039 **강현덕** 안개는 그 상점 안에서 흘러나왔다
0040 **손한옥** 직설적, 아주 직설적인
0041 **박소영** 나날의 그물을 꿰매다
0042 **차수경** 물의 뿌리
0043 **정국희** 신발 뒷굽을 자르다
0044 **임성한** 이슬방울 사랑
0045 **하명환** 신新 브레인스토밍
0046 **정태일** 딴못
0047 **강현국** 달은 새벽 두 시의 감나무를 데리고
0048 **석벽송** 발원
0049 **김환식** 천년의 감옥
0050 **김미옥** 북쪽 강에서의 이별
0051 **박상돈** 꼴찌가 되자
0052 **김미희** 눈물을 수선하다
0053 **석연경** 독수리의 날들
0054 **윤순영** 겨울 낮잠
0055 **박천순** 달의 해변을 펼치다
0056 **배수룡** 새벽길 따라
0057 **박애경** 다시 곁에서
0058 **김점복** 걱정의 배후
0059 **김란희** 아름다운 명화
0060 **백혜옥** 노을의 시간
0061 **강현주** 붉은 아가미
0062 **김수목** 슬픔계량사전
0063 **이돈배** 카오스의 나침반
0064 **송태한** 퍼즐 맞추기
0065 **김현주** 저녁쌀 씻어 안칠 때
0066 **금별뫼** 바람의 자물쇠
0067 **한명희** 마른나무는 저기압에가깝다
0068 **정관웅** 바다색이 넘실거리는 길을 따라가면
0069 **황선미** 사람에게 배우다
0070 **서성림** 노을빛이 물든 강물
0071 **유문식** 쓸쓸한 설렘
0072 **오광석** 이계견문록
0073 **김용권** 무척
0074 **구회남** 네바강의 노래

0075 **박이혀** 비밀 하나가 생겨났는데
0076 **서수자** 아주 낮은 소리
0077 **이영선** 도시의 풍로초
0078 **송달호** 기도하듯 속삭이듯
0079 **남정화** 미안하다, 마음아
0080 **김젬마** 길섶에 잠들고 싶다
0081 **정와연** 네팔상회
0082 **김서희** 뜬금없이
0083 **장병천** 불빛을 쏘다
0084 **강애나** 밤 별 마중
0085 **김시림** 물갈퀴가 돋아난
0086 **정찬교** 과달키비르강江 강물처럼
0087 **안성길** 민달팽이의 노래
0088 **김숲** 간이 웃는다
0089 **최동희** 풀밭의 철학
0090 **서미숙** 적도의 노래
0091 **김진엽** 꽃보다 먼저 꽃 속에
0092 **김정경** 골목의 날씨
0093 **김연화** 초록 나비
0094 **이정임** 섬광으로 지은 집
0095 **김혜련** 그때의 시간이 지금도 흘러간다
0096 **서연우** 빗소리가 길고양이처럼 지나간다
0097 **정태춘** 노독일처
0098 **박순례** 침묵이 풍경이 되는 시간
0099 **김인석** 피멍이 자수정 되어 새끼 몇을 품고 있다
0100 **박산하** 아무것도 묻지 않았다
0101 **서성환** 떠나고 사라져도